KB158224

그리움의 역설

그리움의 역설

초판 발행 | 2014년 2월 10일

지은이 | 장식환
펴낸이 | 신중현
펴낸곳 | 도서출판 학이사
　　　　　출판등록 : 제25100-2005-28호
　　　　　주소 : 대구광역시 달서구 문화회관11안길 22-1(장동)
　　　　　전화 : (053) 554~3431,3432
　　　　　팩스 : (053) 554~3433
　　　　　홈페이지 : http : // www.학이사.kr
　　　　　이메일:hes3431@naver.com

　ISBN _ 978-89-93280-60-9 03810

그리움의 역설

장식환 시집

學而思 | 학이사

■ 시인의 말

　1980년 매일신문과 1981년 중앙일보 신춘문예에 시조가 당선되고, 문학동인 '낙강', '문학경부선', '대구시조시인협회', '대구문인협회' 등에서 활동하며 시인이라는 자부심을 가졌다.

　그 후 1997년 첫 시집 『연등 들고 서는 바다』를 펴냈다. 이제 겨우 두 번째 시집을 출간하기까지는 오랜 침묵의 연속이었다.

　시인은 새로운 세계를 창조하려는 강한 의욕과 감성 그리고 시적인 영감과 사회를 직시하는 판단력이 있어야 하는데 그점에도 부족하였고 또한 창작활동을 게을리 했던 점도 자책해본다.

나는 오랜 시간 동안 문학 외적인 일에 많이 참여하였다. 그
러니 청마의 해인 갑오년부터는 문학에 대한 애정을 가지고
전통문학인 시조의 부흥에 조금이라도 기여하겠다는 각오로
정진하려고 한다.

　그 동안 문학활동에 대한 성원과 늘 격려를 해주신 문인과
대구시조시인협회 회원님과 의정활동을 하는데 많은 도움을
주신 선배, 동료 의원님을 비롯해서 물심양면으로 도와주신
영진전문대학과 교수님들께 깊은 감사를 드리며 바쁘신 중
에도 시 해설을 해주신 문무학 문화재단 대표님께도 감사를
드린다.

2014. 2.

장식환(蔣湜煥)

차례

2 천지개벽의 꿈

3 아름다운 세상에

4 세월을 지고

1

가을 벌에 선 나

남충모 作

연화蓮花 I

연못 위에 눈 뜨는 연꽃
사랑 같은 설렘에

촉촉이 젖는 여운
그리움이 피어나고

마음 속
삼삼한 눈매
연화처럼 곱게 핀다

연꽃 핀 풍경이 좋아
꽃잎 새로 뛰는 벌레

꽃가지 어르면서
삶의 짐 털어 내는

그 하얀
속세의 인연
잡티 없이 살아간다

하루살이

허욕도 하나 없는
숙맥 같은 하루살이

불빛이 그리우면
목숨도 바치는데

한 생을
텃밭 일구며
바람 소리 듣고 산다

죄나 씻고 가려는가?
부질없는 세상살이

이승의 육중한 멍에
하루살이로 해탈하면

한 욕심
하늬바람에
허공으로 날리고 싶다

아침 안개

파란 풀잎 밟으며 어둠이 지나간다

꽃잎이 이슬 위에 황망히 누워 있고

아침은 초목 깨우고 뜨는 해를 맞자 한다

밤새도록 뒤척이던 몸 푸는 깊은 사연

새소리 물소리 밀고 오는 아침 안개

이 하루 번뇌를 씻고 활짝 웃음 털고 있다

더러는 하얀 물살
수초들을 흩어놓고

상큼한 솔잎 바람
온 산을 씻고 나면

잠잠한
아침 풍경이
수묵화로 피어난다

단 풍

밤 새워 풀무질에
담금질하던 햇살이

질곡의 숱한 영욕
허상으로 퍼붓다가

종착역
목 놓은 절규
쏟아 붓는 꽃물이다

허수아비

수숫대 바람 흔드는
잿빛 같은 가을 밭에

짐 벗은 허수아비
빈 가슴 돌아 앉아

긴 여정
순수한 자태
빛 잃은 낮달 같다

기다림은 허무 뿐
여백의 시·공간에

깜깜한 지평선 위
걸어 놓은 목숨들이

한 평생
허수아비처럼
가을 벌에 선 나를 본다

가을 수채화

층층이 색깔 걸고
굿판 벌인 가을 산

생각이 닿는 대로
붓 던진 한 폭 그림

채우다
못 푸는 마음
여백 남은 청자 하늘

연둣빛 고운 사연
화선지에 풀어놓고

하나 둘 낙엽 되어
마음 한 끝 떨어지면

수채화
은은한 정한
화폭 가득 담고 있다

무심히 선 느티나무
햇볕도 숨이 차다

방울방울 정이 익은
풍성한 가을 뜰에

노을 빛
허전한 세월
가을빛이 타고 있다

갯바위 낚시

갈매기 날갯짓도
낚대 끝에 날려놓고

객기를 되돌리며
태공처럼 앉은 바위

촘촘한
실타래 풀듯
꼬인 세월 풀어낸다

삶의 고뇌 쌓인 가슴
끈질긴 잡초처럼

세파와 씨름하던
격랑의 저 수평선

물새 떼
무리 지어 와
해풍처럼 살자 한다

라일락

살랑살랑 꽃향 흩어
가는 사람 유혹한다

보랏빛 허드레 웃음
감추는 추억들을

돌담길
가득 채우며
라일락은 피고 진다

달빛도 정에 겨워
다홍치마 애띤 가슴

유년의 때를 벗고
사랑의 꽃 피고 진다

청순한
오월의 뜰에
가득 채운 봄향연

난초

꽃을 언제 피웠는가?
가녀린 노란 꽃잎

정 하나 못줬는데
애절히 채운 향기

한시름
파란 눈짓에
난초꽃 애틋하다

격조 높은 당신 정갈
뭇사람을 품에 품고

사뿐 사뿐 얘기하며
제가 알아 꽃 피고는

상큼한
봄날 햇살에
사랑으로 눈을 뜬다

굴레를 벗고

빈한貧寒으로 살아왔다
짓밟힌 질경이처럼

험한 풍랑 눈 귀 막고
숨죽이며 견뎌왔다

새 시대
는개 걷힌 날
꽃향기 나를 깨운다

물풀이 되감기듯
허리 못 편 이 고뇌

살을 에는 동지섣달
목숨 지켜 걸어 왔다

뒤틀린
덩굴을 풀듯
훌훌 털고 가고 싶다

개기 월식

겨울 봄 여름 가을
철마다 고운 숨결

캄캄한 터널 속에
새 생명 잉태하듯

천진한
순수의 인연
사랑은 익어가고

생각은 침묵 깨고
동글동글 여백 담아

교차되는 명암의 순간
전율 같은 꿈의 세상

한 생애
생사의 역정
가슴 깊이 젖고 있다

모과

숫처녀 젖가슴 같은 수줍은 열매 하나

갸우뚱 얼굴 내밀고 방긋 방긋 손을 주면

어느새 청명한 가을 모과로 채운다

청잣빛 투명한 공간 오색실 수를 놓아

여름 내내 흘린 땀 갈바람에 씻고 나면

추정은 비틀린 모과 슬픈 가락 밀려온다

산책

새벽을 툴툴 털고
깨어나는 산책길

오솔길 걷는 햇살
상념을 털어내면

산책길
상큼한 길섶
토닥이는 생명을 본다

어젯밤 혼돈 속에
힘에 겨운 무리들이

과욕의 무거운 짐
여기 와서 몸을 풀면

산새 떼
재잘거리며
아침을 맞아준다

가을 소묘

늦가을 찬바람이
휑하게 훑고 간다

어느덧 풀잎들이
만추에 숨이 차듯

고적한
가을 햇살이
수숫대를 흔든다

쪽빛 바다 파도 타는
바람난 갈매기가

밤새 뜬 눈으로
뱃전을 두드리다가

그 번뇌
가을꽃 향기
꽃비늘처럼 뜨고 있다

비 오는 바다

말할 듯 말 못하는
입 다문 동해 바다

버려진 그림자처럼
갈기갈기 찢기다가

내 꿈도
비 오는 바다
심해에 묻고 있다

태고 때 그리움이
모래톱에 할퀸 자취

둔탁한 삶의 지표
파도로도 잠기다가

종말엔
생의 의미가
장대비로 쏟아낸다

풍랑도 멎은 바다
뭉게구름 둥둥 띄워

추수하는 들판인양
흩고 있는 생각들

돛배는
내 그림자 태워
풍랑따라 떠간다

억새꽃

하얀 바람 짓궂게
억새꽃에 입 맞추면

꽃대들만 선 들녘
겨울 정이 스치는데

또 한 해
훌쩍 보내고
새 꽃망울 기다린다

삼삼히 눈 내리고
추억이 물보라로 피면

날아가는 가을 한녘
슬픈 여운 남은 벌에

이별한
세월의 자락
억새꽃으로 피고 있다

방황

그림자 길게 드리우면
풀벌레도 집을 찾고

가로등 희미한 거리
지척도 분간 없다

꿈 많은
총총한 별들
가슴 가슴 슬픔 인다

조이는 삶의 무게
번뇌로 풀고 나면

고뇌 찬 세상사가
안개처럼 흩어지고

흔들린
생각의 늪에
뭉게구름 떠간다

연꽃 II

산빛 물빛 인연 되어
연분홍 꽃으로 피고

한시름 겹겹이 벗어
푸른 물에 띄우는 날

한 생을
꽃으로 피어
곱게 곱게 살다 간다

돌 틈을 비집고도
뿌리 내린 인고의 세월

물욕을 털어 내는
청빈한 선비처럼

하얀 꽃
무구한 자태
꽃마다 정으로 피네

군자란

가녀린 한 포기 꽃대
눈길마저 잊은 꽃을

하나 하나 포갠 사연
눈부신 꽃을 피워

내 고향 애틋한 사연
가슴으로 피어 낸다

해와 달이 뜨는 날에
애끓이며 꽃 틔운 너

피멍은 이국의 정
고향 차마 그립구나!

꽃잎이 꽃대궁 잡고
고향 가자 보챈다

꽃잎 사랑

닭소리
멎은 자리
마음 바쁜
사람들

물색 모를
아침 해가
철없이
눈을 뜨면

꽃잎은
이슬 머금고
사랑을 재촉한다

낙뢰 II

먹구름 하늘 덮더니
섬광이 문득 인다

찰나의 암흑 세상
종말의 순간에도

온 세상
무한의 공간
핏빛으로 물들인다

어둠이 다 걷히고
토굴에도 빛이 들듯

소요騷擾의 순간에도
신의 섭리 반듯한데

탐욕은
낙뢰로 빚어
칠흑 같은 형상이다

봄 바다 명상

청초한 초록 바다
오색 꽃물 풀어 놓고

잔잔한 파도 지어
멸치 떼도 춤을 추면

빈 배는
잔잔한 풍랑
하염없이 출렁인다

바다처럼 넓은 마음 욕심 없는 사람들
끝없는 수평선에 한 뼘 남짓 선을 긋고

주린 배
파래 잎 따며
삶의 고뇌 씻어낸다

밤 호수

터질 듯 보름달을
가지 끝에 앉혀놓고

세속의 찌들린 시름
겹겹이 풀어내면

향긋한
장밋빛 꿈이
물결 따라 퍼져간다

2
천지개벽의 꿈

남충모 作

그 꽃

죽음이 삶보다 좋아
꽃으로 지고 싶다

끝내는 엄마 품에
시신으로 안겼다가

꿈 많던
여린 생명이
죽음으로 돌아갔다

엄마의 애틋한 사랑
남겨 놓은 한 장 유서

또박 또박 적은 사연
너도 나도 말이 없다

티 없는
순수한 영혼
꽃길 밟고 가소서!

그리움

바람은 흔적 없이
심장 속을 훑고 간다

깊은 생각 눈발처럼
덧없이 쌓다보면

헤어진
소꿉친구가
가슴 깊이 걸린다

한 생을 노젓다 보면
행각도 부질없고

사모의 정 알알이
마음 깊이 시린데

애정은
미루나무 끝
가지마다 타고 있다

과욕

망초꽃 같은 목숨
오뉴월 감꽃 지듯

과분한 욕심 조각
물거품 되는 거다

과욕의
진한 허상이
허무로 지는 거다

바람결에 풍선들이
파랑 빨강 다투듯이

제 분수 깜깜한 추정
분간 없이 쌓다 보면

목숨은
욕심에 썻겨
방울방울 지는 건데

겨울 매미

겨울 매미 울고 있다
숨 막힌 각박한 세상

지심地心은 꿈의 나라
눈 못 떠도 밝은 뜰에

투영된
청록 빛 하늘
겨울 매미 또 울고 있다

아직도 땅 속 매미
눈물로 지새우고

새 문명에 퇴색되는
고풍스런 유적들이

꽃피는
초원의 뜰에
겨울 매미는 지금도 울고 있다

여명黎明

노을도
잦아들고
새 떼들도
다 뜬 자리

지는 해
또 다시 뜨고
새로 지고
시새움하듯

홑 바람
여명을 몰고
촉촉한
햇살 뿌린다

해당화

한반도 끝자락에
혼자 피는 해당화

일천 년 깊은 생각
파도처럼 피고 있네

그 숱한
낭만의 흔적
빠알갛게 타는구나!

저 멀리 해풍 이는
싱그러운 모래밭에

버티어 온 인고의 세월
조각마다 가시 되어

해당화
고운 꽃빛이

2.28 기념일

동해 바다 일깨운다
꽃보다 맑은 정기 조국애의 상징이여
자유의 그 아우성 청사에 빛나리다
아, 우리 대구의 향기 영원한 깃발이여

짓밟힌 민주주의 다시 찾는 그날에
갓 피는 목련처럼 순백한 꽃넋이여
아, 새 혼 역사에 이어 대구정신 되피었네

신라의 맥을 받아 달구벌에 꽃피우는
잊을 듯 고운 향기 새롭게 달구어 내는
아, 우리 민주의 터전 대구 자랑 2.28이여!

* 발표된 노래에서

귀향 길

명절 날 긴긴 행렬
보름달이 비춰주고

지난 날 돌아보면
속속들이 슬픔인데

끝 모를
귀향의 길에
웃고 선 나를 본다

청등 홍등 띠를 걸고
춤추는 연가들이

귀향 길 낯선 타향 꿈속에나 그리는데

고향 산
뻐꾸기 날려
가는 길 재촉한다

신천新川 수달

개구쟁이 멱을 감던 옛 신천 물살 곱고

피라미 떼 정든 마을 물벌레 뛰고 놀면

수달은 바위에 앉아 옛 생각도 하고 있다

물색 모를 수달들이 여울목을 베어 누워

잡념도 털어내고 조약돌을 줍는 나절

신천은 묵은 때 씻고 아침 해가 되비친다

천진한 수달들이 여울목 감돌며

하얀 모래 푸른 물빛 그 옛날도 그립고

수달은 오리 떼들과 별빛을 줍고 있다

재래시장

슈퍼마켓 이마트
철책 없이 밀려 온다

그 옛날 서는 장날
추억으로 남을 건가?

눈 내린
재래시장에
떨고 있는 아낙네들

툭툭 끊긴 발길에
생활 터전 다 뺏기고

네온사인 현란한 빛
멍드는 전통시장

정 담긴
골목 시장이
문명에 되밀린다

책사

책사가 우리 곁을
지는 해처럼 떠난다

몸 비집고 들어 선
옷 매장, 게임장 행렬

이래도
괜찮은 것인가!
길거리가 현란하다

문명이 새 문명을
잉태하는 위험 앞에

책사가 썰물 되어
밀물처럼 밀려가면

문명은
빈사로 남아
빈껍데기만 뒹군다

유년 시절

시골 밤 호수는
생각이 너무 많다

푸른 산 하얀 속살
거꾸로도 세워두고

조각달
싱긋이 웃는
유년의 그 초록 동산

개구리 울음 고요하고
멀리 가까이 풀벌레 소리

생각에 잠긴 길섶
개똥벌레 날러놓고

별 총총
뜨던 그 밤이
시름 속에 되비친다

소꿉놀이 같은 행각

독재자
소꿉놀이
무너지는 아성을 본다

육중한 쇠사슬도
시간 앞에 녹슬고

피멍 든
붉은 강산에
꽃은 언제 활짝 필까?

뼈만 남은 유아들
초롱 초롱 눈동자

눈물만 흠뻑한데
닦아줄 사람 어디 있나?

잔악한
독재의 총검
세월을 비껴가나?

어떤 얼굴

저주의 형상 앞에
환대가 인권인가?

두꺼운 낯짝 꽁꽁 묶고
태연하게 웃는 짐승

흉악범
저주의 시선
뭇사람의 분노 듣기는가?

목숨도 앗아가는
천박한 금수의 모습

악의 꽃씨 흙에 묻어
쑥대밭을 만들건가?

쇠사슬
느슨한 틈에
눈을 뜨는 저주의 꽃

충혼탑 참배

군화 끈 조여 매고
돌진하던 젊은 패기

조국의 화신되어
침묵으로 앉아 있다

진혼곡
충혼탑 돌며
그 넋을 달랜다

산화한 꽃다운 넋 충혼탑 새겨두고

장엄한 비석 앞에 충혼을 되새긴다

조총은 탑을 감돌아 산하를 일깨우고

국화꽃 한 송이로 묵념하는 아낙네가

애절한 가슴 죄며 망부석으로 살아온 날

눈물로 임의 넋 기려 여기 와서 어룬다

대구지하철 참사 추모

이 무슨 청천벽력입니까! 아비규환 지하철
엄마 아빠 꽃망울들 한숨 소리가 들립니까?
추모의 눈물도 이제 다 타버린 재가 됩니다

온 세상 칠흑 같은 울음바다 되고서도
분노, 저주, 사랑의 핏빛 황망이 떠난 꽃 넋
국화꽃 하얀 꽃향기 그대 영혼 어루만집니다

망연자실하는 사람 애타게 울부짖는 영혼들
차마 말문도 막히고 아련한 눈물만 남아
이 땅에 당신을 위한 추모 불꽃 넘칩니다

가족들 아픈 사연 텅 빈 가슴에 울리고
끝없는 분노들을 털어내고 있습니다
홀홀히 떠나보내고도 눈물만 남습니다

이승의 무거운 짐 다 벗어 놓으시고
홀가분한 마음으로 천국으로 가소서!
모시 옷 갈아입고서 고이 고이 잠드소서!

- 강물 같은 추모의 행렬 -

청문회 유감

진실이 무너진 자리
어쩌자고 이러나?

조목 조목 따져 봐도
고개 돌려 외면하는

청문회
헛된 망상에
울분 쌓인 민초들

비호하며 헐뜯으며
궤변에 또 맞장구

과거 행적 캐면서도
감았다 풀어주고

진실은
쭉정만 남고
분노로 가슴만 타고 있다

겨울 생각

헐벗은 그 시절은 문고리도 얼어붙고

동지섣달 하얀 밤 가난으로 시름하다

굶주린 문풍지 울음 잠도 못 잔 겨울밤

수은주 곤두박질 초가삼간 꽁꽁 언다

베옷 꼭꼭 여미고도 스며드는 한기가

무참히 할퀴고 가는 매섭던 그 겨울바람

초가집 추녀 끝엔 고드름 드리우고

돌담을 스친 바람 댓잎을 울게 하면

으스스 어깨 움츠려 새봄을 그린다

제야의 종

보신각 아니라도
서른세 번 종 울린다

국채보상 기념공원
포근한 축복의 함성

새 세상
깃발 흔들며
가슴 가슴 꽃으로 핀다

이제 좀 벗어나자
얽매인 삶의 덫을

소망은 하나로다.
통일 조국 하나란다

백두산
한라산 산정
제야의 종은 메아리친다

천안함

제철소 용광로보다
시뻘겋게 달군 패기

초계함정 피격에
꽃잎들이 떨어졌다

못다 핀
젊은 용사여!
국민들은 통분한다

비통한 오열 속에
임의 넋은 살아나고

조국 위해 산화한
애끓는 장병이여!

당신의
꽃다운 순국
충절로 남습니다

태풍 볼라벤

태풍은
얄망궂다 놀부보다 더한 심술
엄청난 위력 앞에 나약한 목숨들

또 한 해
강태풍 맞아
허리 휘인 촌부들

표독한 성깔 내부리며 산산히 흩어놓고
정겨운 고향의 모습 어떻게 다독일까?

볼라벤
할퀴고 간 터
다시 꽃은 피고 있다

대구 국제마라톤

육상 도시 대구에
함박 웃음꽃 피고 있다

늘어 선 시민들
밀어 올린 오색 풍선

대축제 다색 인종들
문화 예술 대구의 빛

시민들의 가슴에
샘물처럼 인정 솟고

장단 맞춘 농악 한마당
대구가 뛰고 있다

동방의 힘찬 횃불이
아리랑과 함께 퍼진다

선수는 신명난듯
빛나는 우리들 축제

시민들의 환호성에
가로수도 흔들리고

꽃들의 한 마음 대 축제
코스모스 곱게 핀다

너울파도

혼돈의 검은 바다
태초의 모습이다

적막 깨고 일어나면
천지가 잉태되고

세상을
뒤집는 위력
천지개벽 서막인 것을

한 순간 밀어 닥친 원시 같은 위력 앞에

 너울파도 무서운 기세 재앙 되어 오는 저주

등대도 휘어 삼키고 표독하게 발악한다

험한 삶을 자초하며
무례한 굴레 쓰고

이목耳目도 통째로 막고
방파제도 쓸어내고

무자비
조물의 힘에
쫓겨 가는 세상을 본다

대덕산에서

앞산 골 수정 계곡
마음마저 말라붙고

배배 꼬인 산자락
산새도 떠나간다

적막은
초록 잎에 지고
꽃잎은 노을처럼 타고 있다

낙동강 지류들이 맞닿은 길목에

설움인 듯 서는 하늘 얼룩 얼룩 수를 놓고

빛바랜 하현달 하나 계곡물을 걷고 있다

갓바위 고개 들고
메아리처럼 눈을 뜨면

텅 빈 수풀 속이
꽃향기로 다시 살아

대덕산
상큼한 햇살
달구벌을 품고 있다

3
아름다운 세상에

남충모 作

저녁 파계사

인적도 끊긴 뜰에
목어 소리 돋아나면

한낮에 목을 죄던
석가여래 노기 풀고

팔공산
후미진 자락
목탁소리 낭랑하다

어스레 달이 뜨면
나뭇잎도 깨어나고

노송의 해묵은 말씀
청계에 풀어내면

별들은
멧새들 모아
설법하는 저녁 산사

겨운 짐 지는 중생
여기 와서 번뇌 풀면

나락 같이 어두운 길
연등으로 살아나고

파계사
범종의 아픔
도솔천에 울린다

인어공주 동상

덴마크 인어공주
생각에 잠겨 있다

실눈 감을 듯 뜨는 듯
새초롬히 웃고 있고

니하운*
잔잔한 항구
안데르센은 살아 있다

유람선 낭만의 선유
갈매기도 자유롭고

찰랑찰랑 물결 따라
인어공주 춤을 추고

북유럽
인어공주 동상
사랑으로 빛이 난다

바람은 유람선 몰고
전설 같은 깃발 흔들며

까칠한 발틱 해에
인어공주 전하는 말

순수한
사랑의 노래
안데르센은 영원하다

* 니하운 - 덴마크의 항구이름
            안데르센이 생활한 곳

축산 항에서

밀려오는 생명 바다
태곳적도 그랬단다

그 많던 애환들이
파닥이는 비늘로 돋아

축산 항
시름 거두고
물새 나는 초록 바다

잠길 듯한 낡은 목선
설레는 가슴 펴며

하얀 새떼 날갯짓에
풍겨오는 파란 포구

잊었던
사랑의 노래
파도처럼 풀어본다

덴마크 크론 보그 성

셰익스피어 비켜선 자리
크론보그 성은 침묵한다

햄릿 있는 비극의 성
생각은 파도치고

빈 공간
스웨덴 포탄
대포들은 녹슬고 있다

스웨덴과 덴마크
숙명의 전쟁터

영국 왕자 덴마크 공주
파도처럼 사랑은 일고

역사는
인간의 욕망
비극의 성 보고 있다

스웨덴 피엘가단

전망 좋은 피엘가단
발틱 해 있어 삼삼하다

요트 사이 붉은 양옥
가슴에 품어 안고

스웨덴
전쟁의 포화
긴 잠에서 깨고 있다

물의 나라
북유럽
얼음 조각 풀어 놓듯

다도해 청정 바다
멜라린 호수 닮았구나!

눈앞에
남해 다도해
그림 같이 펼친 피엘가단*

　　　* 피엘가단 - 발틱해가 내려다 보이는 스웨덴의 명승지

호미곶

묵직한 등대 넘어 포효하는 쪽빛 바다

몇 억 년 인고의 세월 밀려오는 슬픔 안고

표표히 눈발은 날고 생각 잠긴 목선 하나

흰 깃발 흔들며 오색 파도 밀어보면

때 묻은 등대 끝에 열리는 생각들이

호미곶 하얀 물살에 파아란 바다 그립다

멸치 떼 감고 도는 고깃배도 출렁이고

흥에 겨운 뱃사람들 갈매기로 날고 나면

삼삼히 그리운 정에 칭얼대는 저 바다

해 지는 장생포

달빛도 서럽더라 호수 같은 그 옛 바다

세월의 고뇌 씻고 기억조차 삼삼한데

장생포 갈맷빛 저녁 쇳물로 얼룩지고

세파에 찌든 파래 삶조차 허기진 포구

다 떠난 고래 떼에 빈 배만 너덜대고

비린내 씻어낸 자리 그리움만 출렁인다

갈매기 하얀 날개 기름 때로 물들이고

아련한 향수처럼 속 빈 배가 흔들리면

애증은 또 그렇게 가고 해는 지고 있다

백령도 II

매끈한 물개 한 쌍 가마우지 벗이 되어

해질녘 신비 깔고 들며 날며 사랑하네

백령도 저녁노을이 붉게 붉게 타고 있다

할퀴고 찢긴 석벽 장군처럼 늠름한 바위

삭막한 바닷길이 전설 하나 파도에 찢겨

두무진* 빼어난 풍경 출렁이는 그리움

전쟁이 빚은 자리 포성도 잔잔한데

덧없는 갈매기 떼만 깃을 펴고 선회하면

수평선 끝없는 얘기 어둠 속에 속삭인다

* 두무진 - 백령도의 북쪽 바닷가 명승지

하회마을 삼신당

삼신당 속빈 고사목
너울너울 실을 걸고

병산탈춤 한마당
풀어내야 잉태되는

애절한
노비의 업이
그믐달처럼 서럽다

봉정사 여운

망각의 긴 늪에
묻혀있던 불상하며

목공의 묵은 손때
향연처럼 살아나고

극락전
천 년의 숨결
다시 피는 봉정사

절경도 아닌 산속
봉정사 터를 잡고

숱한 사연 풀어주던
얼굴 까만 삼층석탑

이국 땅
인연을 만나
여운은 깊어지고

- 영국 엘리자베스 II 봉정사 방문 -

육사 시비 앞에서

이육사 피붙이가
눈물로 보낸 세월

충절의 시비 앞에
황망히 잠긴 생각

청포도
알알이 열어
가슴을 횅하게 한다

도동 항구

독도 품은 도동 항구
진주 같은 동해 미항

도동항 눈을 뜨면
한 뼘 남짓 품속인데

청명한
해변의 낭만
성인봉에 빛난다

검푸른 쪽빛 바다
밤낮으로 등을 달고

침략하는 왜구들을
사정없이 나포하면

울릉도
날개 흔들며
아침 해가 뜨고 있다

독도여, 우리 독도여 !

태초 점지될 때 너는 울릉도 탯줄이다

함박웃음 열린 대문 고추 꽂고 숯도 달고

삼신에 곱게 빌었다. 백의민족 독도 기상

일망무제 동해바다 갈매기와 지킨 너를

아련한 애환으로 지켜온 조국의 땅

민족의 막내 피붙이 태극기가 날린다

영혼은 늘 깨어있다. 설움보다 더 큰 외로움

망망한 동해바다 고독 달래며 지켜 온

독도여! 우리의 강토 무궁화가 곱게 핀다

북유럽 발틱 해

발틱 해는 호수 같다
거센 바람도 재워 놓고

인심 좋은 한강처럼
여객선 물살 그림 같고

핀란드
끈질긴 전쟁
발택 해는 입 다문다

여객선 실자라인*
강심(江心)에서 순항하고

강 언덕 딴 세상 풍경
그림처럼 평화롭다

발틱 해
잔잔한 바다
다도해 보듯 반갑다

* 실자라인 - 여객선 이름

골굴사

바람에 씻긴 영욕
피골로만 남은 바위

칡넝쿨 휘감기듯
혜안도 흐려지고

고뇌 찬
중생의 짐을
여기 다 풀고 간다

함월산 산자락은
인적도 감감하다

천 년을 모질게 깎은
석가여래 미소 보며

행여나
나를 부를까
합장하는 중생들

기림사 II

속세의 때를 벗고
목탁 굴리는 달빛들

산다는 번뇌의 병
향불로 태우고 나면

단청은
은은한 웃음
반짝이는 내 영혼

함월산 넉넉한 능선
청솔바람 이는 뜰에

벙그는 봉오리마다
연꽃으로 등을 달고

기림사
해묵은 석등
눈을 뜨는 삼존불상

석굴암에서

달빛이 전설 안고
세월 속에 눈을 뜨면

아득한 신라 얘기
조목 조목 향기 되어

석굴암
하얀 살결이
연꽃으로도 피어나고

불국사 고운 단청
임에 대한 애처로움

목탁소리 낭랑하게
석탑 가에 맴도는 날

잡목도
귀한 입 열어
메아리로 화답한다

토함산 정상

동해바다 저 너머
악마 같은 섬나라

일그러져 뜨는 태양
또 무슨 반항인가?

토함산
목청 돋구어
저주의 함성 띄운다

대왕암도 애타는지
앉았다가 다시 서고

물새 떼도 심란하다
석가여래 눈빛 보며

잔잔한
쪽빛 바다를
토함산은 품고 있다

태고의 하롱베이

태고의 청정바다
지금도 물빛 곱고

물새도 가끔 나는
옥색의 바다 빛깔

사슬 푼
하롱베이*가
황금빛에 요동친다

뗏목 같은 목선들도
다투어 헤엄치듯

해전을 방불하듯
유람선은 환란이다

먼 이국
쪽빛 바다에
고향 하늘이 뜨고 있다

* 하롱베이 - 베트남 바다의 명승지

산굼부리

대한해협 제주도
신령한 불기둥에

터지는 화염들을
안으로 다독이며

태고의
전설을 품고
세월 속에 묻혀 왔다

별빛 휘둘러 장막치고
비단 살결 산굼부리

뜨거운 정기 쬐고
비상하는 한라산

태양은
눈부신 영혼
신령스러운 산굼부리

동수대전

한 역사 묻어두고
팔공산은 침묵한다

그날 나락의 핏빛을
단풍은 말하는가?

흰 깃발
허공에 세워
청자 하늘을 엮었다

찰나에 선 사직이 풀잎에 이슬처럼
비열의 도를 넘어 목숨하나 부지하려
달빛도 비웃는 길을 팔공산은 웃고 있다

창칼 끝에 피비린내
숙명의 한판 승부

장군의 위용에 눌려

스러지는 적의 기세

파군재
무념의 길에
가을빛만 쏟고 있었다

젊음의 광장

지하드 성전의 광장
먹이 줍는 비둘기 떼

그 분노 쇠사슬 풀고
자유롭게 날고 있다

짓눌린
험한 광장을
끈질기게 지켜왔다

한 몸을 불태워
묶은 줄 풀 그날까지

손톱이 뽑혀나도
젊은 기개 되살리며

저주의
선혈 뿌리고
광장은 빛이 난다

쓰촨 성 지진

꽃밭에 나비 날고
새들도 재잘대던 성

찰나에 동강나니
지옥 같은 아비규환

쓰촨 성* 평화의 땅에
무슨 저주 그리 큰가?

저 멀리 대륙에서
피멍으로 숨겨 둔

재앙 부를 큰 권력
짓밟히는 민초들

이념은 목숨을 넘어
아우성치며 쓰러진다

    * 쓰촨 성 - 중국의지명

대견사大見寺

비슬산 대견사는
땅속에서 팔백여 년

스친 잠에서 눈 뜨고
낙동강 품어 안고

낭랑한
산사의 염불
삼층석탑 빛이 난다

일연의 팔만대장경
떨리는 불의佛意의 말씀

석벽에 아로새긴
부처님의 언약들이

세세히
이어질 인연
연등처럼 등을 단다

4

세월을 지고

남충모 作

손수레 끄는 사람

추적추적 내리는 빗속 힘에 겨운 손수레

빗물 젖은 빈 박스 하나하나 눈물인데

서럽다 말조차 잊고 손수레는 가고 있다

살아 온 역경들을 가슴에 쓸어 담아

한 생이 시름에 눌려 골 깊은 주름만 남고

그 자국 묵은 때 사이 승용차는 달리고 있다

옛 풍경

푸시시 짚불 지펴
쇠솥에 여물 끓고

허기진 초가지붕
등불처럼 박꽃 핀다

문명의
밀린 역사에
어스름 달빛이 그립다

도심 속 빌딩 숲이
독버섯처럼 돋아나고

비대한 산 짐승들
버둥대며 쓰러진다

소쩍새
훌쩍 떠난 마을
허물 허물 달이 뜬다

도자기의 꿈

고운 계곡 깊은 숲에
갤러리도 앉혀 놓고

이따금 멧새 소리
적막을 깨치는데

도공의
보드라운 손
천 년 역사 빚고 있다

아득한
시간들을 올올이 엮어 가며
더러는 시새움하며 꿈을 꾸는 선반에는
민족혼 속속히 채워 멀고 먼 날 기다린다

작은 씨앗

새하얀 종이 펼쳐
먹물 뚝뚝 점을 찍듯

무성한 숲 헤집고
뾰족이 내민 얼굴

나약한
어린 새싹들
새 세상을 지고 간다

지은 죄 본래 없는
가냘픈 중생처럼

날카로운 천둥에도
흔들림은 있겠는가?

씨앗은
푸른 꿈 담고
창공으로 날고 있다

금강 유원지

신정 아침 금강에 함박눈 펄펄 내린다

꽃향기 맡으며 날아드는 나비처럼

연둣빛 얼음판 위에 봄빛이 싹을 튼다

낭만 한껏 퍼붓고
눈발 가끔 뿌리고는

주고 받는 눈망울에
강물은 봄을 녹여

빈 겨울
춘설 채우고
금강을 깨우고 있다

유년의 추억을 일깨워 주는 겨울 빛은

어릴적 고운 꿈 생각으로 꽃 피우고

서설은 제비 불러와 마음을 녹인다

등대

물보라 사각 사각 등대에 속삭이면

장승처럼 선 등대 깊은 생각 잠기고

불빛은 바다의 풍경 한 점 한 점 그린다

풍랑에 밀려오고 밀려가는 추억들이

깜빡 깜빡 불빛들이 메아리처럼 살아나고

저 등대 수평선 열고 새 삶을 기다린다

기다림

살구꽃 속살 같은
향긋한 풋사랑이

긴 세월 기다림에
매화 핀 가지처럼

봄빛은
분홍 꽃으로
온 세상 살아난다

잎 피기 힘든 실버들
허기진 보릿고개

설레는 봄 들녘에
민들레도 돋아나고

하얀 뜰
봄 풀 채우고
사랑 꽃이 피고 있다

암자庵子

절벽 난간 자리 잡은
그림 같은 암자 하나

갓 빚은 상현달을
지척에 띄워 두고

덧없는
삶의 무게를
털어내고 있었다

떨어지는 물줄기가
인연으로 맺은 건가

합장하는 손끝마다
흐르는 물을 닮아

극락전
환상의 늪에
연꽃인양 피는 암자

이견대 利見臺 에서

감은사 석탑 어르며
춤추는 동해 용왕

천년 빛 고이 지킨
청자 같은 초록 물결

갈매기
눈 속에 날고
천년 정이 그립다

달빛이 파도에 씻겨
은은한 쪽빛 바다

수중릉 사연 담긴
애잔한 역사 얘기

이견대
넉넉한 풍경
번뇌를 털어낸다

달집 태우기

정월 대보름 저녁 날에
달집 태우기 신들린 날

한 해 염원 몽땅 빌고도
그래도 남은 액운

불꽃 속
다 던져 놓고
합장하는 촌부들

농악도 이쯤 되면
흥이야 더 없지만

빙빙 돌며 마주치는
아낙네 까만 눈동자

한 마을
풋풋한 사랑
가슴 가슴 활활 탄다

영등 할매

음력 이월 초하룻날
영등할매 오시는 날

울 엄마 무명 치마
쥐어 잡고 빌던 덕에

근근이
부지한 생명
불꽃 되어 살아났다

창호지에 불 댕기면
임의 숨결 돋아나고

부대낀 가난의 때
피죽으로 빌어 놓고

끝없는
가난의 때를
훑어 내는 그 염원

종이학 II

어느 가슴 날고 있을까?
꽃 같은 장밋빛 사랑

매만진 손길마다
정으로도 피어나고

바람꽃 스치는 길목
그리움이 날고 있다

저녁놀 붉게 뜨면
종이학 설레는 마음

미루나무 끝가지에
토닥토닥 정도 엮고

새하얀 나래 짓하며
종이학이 날고 있다

가을 성城

산자락 돌아누운 애환의 성벽 따라

선혈鮮血의 흔적들이 바위마다 꽃넋이다

이 가을 산성의 낙조 세월 앞에 쓸쓸하다

다홍치마 붉은 정이 오색으로 수를 놓고

오솔길 낙엽들을 지르밟고 떠난 영혼

역사의 큰 족적들이 바람결에 되새긴다

가난의 굴레를 벗어 내고 태초로 돌아가면

그 옛날 선남선녀 가슴마다 눈물인데

성터만 세월을 지고 깊은 잠에서 눈을 뜬다

바닷가에서

숨도 한번 못 쉬었네
수초 같은 사람들

파도 소리 귀 기울이며
소태 같이 살아 왔다

해안선
물이랑 위에
석양은 지고 있다

하얀 모래톱에 밀려오는 고운 파도
등에 진 작은 멍에 길섶에 내려놓듯
바닷가 고운 풍경이 삶의 진리 일깨운다

밀려왔다 밀려가는
해안선 물거품이

갈매기 날갯짓에

수평선은 눈을 뜨고

돛배는
이상을 담고
미지의 세상 가고 있다

낙엽

시간에 쫓긴 낙엽
빈 공간 질주한다

연초록 풀잎 꿈도
번뇌로만 남겨 두고

황망히
한 껍질 벗고
미지로 떠나간다

우르르 떨어지는 절규하는 저 목숨
끝내 앗아 가는 매정한 세월 앞에
멈춰 선 계절의 덫에 짓밟히는 낙엽이다

애틋한 삶에 부대끼던
질곡 같은 그날들이

이제는 진달래꽃처럼

곱게 곱게 피었다가

낙엽은
새 생명 낳고
노을처럼 지고 있다

천동의 묵시

거사巨事를 예언하듯
잔잔하던 바람 소리

천동을 퍼붓고 나면
새 수로水路 뚫어지고

환상의
찬란한 불꽃
새 역사 엮고 있다

저 멀리서 일어나는
해괴한 소요들이

깔리고 짓밟히고
목숨을 앗아가는

강자의
푸른 서슬에
짓밟히는 작은 생명

우수 雨水

대동강 잠긴 강물

말끔히 옷 다 벗고

새 봄을 품에 안을

그 날을 그리면서

봄비가

빗장을 풀고

새봄을 재촉한다

이 · 취임

바닷가로 밀려왔다
밀려가는 조개껍질

달 지면 해가 뜨고
해 뜨면 안개 걷듯

이 · 취임
허전한 마음
텅텅 빈 시골 같다

파장의 시골 장터
바람은 설렁한데

꽃 피면 찾아오던
나비도 가고 없고

꽃다발
주는 정에도
노을빛이 지고 있다

김장

김장하기 끝나면
행주치마 씻어 널고

찬 겨울 언 김치
정 붙이며 살아 왔네

깨무는
김치 한 조각
젖어오는 옛 생각

시집 간 큰 누나가
맵게 살던 시집살이

다 떠난 고향 마을
그리움만 쌓여 있고

묵은지
남은 정에도
삶의 때가 묻어난다

소한 아침

소한 아침 사립문에
비수 같은 바람 소리

강나루 뗏목처럼
삶의 고비 풀고 나면

한 생애
살 에는 아픔
새롭게 생각난다

가난했던 그 옛날
겨울 나기 겁이 난다

살아 있다 흉내 내며
입김 호호 불던 아이

그 춥던
소한의 아침
하얀 하늘 서럽더라

약속

계절은 빈틈없이
톱니바퀴처럼 굴러간다

눈 오면 비 뿌리고
꽃이 피면 바람 분다

가을꽃
씨앗을 맺어
환생하는 약속처럼

뱃고동 울리면
갈매기도 심란하다

살려는 생각에
미물들도 걱정이다

초봄에
파란 풀 돋듯
천지간의 굳은 약속

정치

바람이 휑하게 부는
비정의 무대에서

험난한 삶의 곡절
여과기로 풀어내듯

눈발이
천지 덮어도
훌훌 터는 무대인 것을

최소한의 가면도 없이
관객은 멀리 서 있고

멸종된 진실들을
새롭게 피어 내려

그 분노
주먹다짐에
풀어보는 정치 한판

호미곶 II

한 폭의 산수화
호미곶에 풀어놓고

돛배도 흥에 겨워
치솟는 일출을 본다

호미곶 황금 수평선
붉게 타는 동해 바다

어머니 품속 같은
잔잔한 파도 소리

삶의 길 열어 주는
무한한 등대 불빛

사랑의
해안 길 열며
오색 파도 품는다

아름다운 세상을 꿈꾸는 파토스

문무학 (문학평론가)

1. 왜 시를 쓰는가?

　장식환 시인, 그는 교육자의 삶을 살고 있는 사람이다. 대구교육대학을 졸업하고 초등교사로 교육계에 첫발을 내디딘 후 줄곧 공부하고 가르치며 살아왔다. 초등교사로, 중고등교사로 대학교수로 대구광역시 교육위원, 교육위원회 의장, 시의회 교육상임위원회 위원장 등을 지내며 '교육'이란 단어가 그의 삶을 떠나지 않았다. 그런 삶 속에서 시인이 되어 깊이 사색하는 삶을 살아왔다.

　교육자인 그가 왜 시인이 되고자 했을까? 교육 현장이 너무나도 삭막해서 시를 통해서 교단을 아름답게 하려는 그의 교육적 이상을 달성하려 하지 않았을까 하는 생각도 해 본다. 턱없는 생각일지 모른다. 그러나 그의 삶에서 교육이 먼저일까?

시가 먼저일까? 를 생각한다는 것은 좀 생뚱맞은 일이다. 교육도 시도 결국은 사람을 감동시키는 일이기 때문이다.

오늘날 교육에서 일어나는 제반 문제는 그야말로 교육에 감동이 없기 때문이라고 필자는 생각한다. 교육 현장에 시가 있으면 교육의 효과는 크게 달라질 것이 분명하지 않겠는가. 그말은 결국 장식환은 시의 힘을 믿는다는 사실이다.

시의 형식 중에서도 우리 민족 고유의 형식인 시조를 택한 것은 장식환 시인의 이상에 매우 어울리는 장르가 아닐까 생각되기도 한다. 그리고 보니 장식환 시인과 시조의 형식미는 아주 잘 어울리는 것이 아닐 수 없다. 우리는 전통적으로 시조의 형식미를 숭고미崇高美, 우아미優雅美, 비장미悲壯美, 해학미諧謔美를 든다.

숭고미란 삶과 세계에 대한 절대적 이상을 추구하고자 하는 의식의 소산으로 위대함에 대한 예찬과 경건함의 분위기를 느끼게 하는 것이며, 우아미는 아름다움 자체를 문학적 형상으로서 구현하고자 하는 미의식으로 삶에 대한 관조와 여유를 느낄 수 있게 한다. 따라서 일상생활의 실상을 있는 그대로 받아들이고 작고 친근한 것을 추구하는 데서 아름다움을 드러낸다.

비장미는 삶의 정한情恨과 비극적 인식을 형상화함으로써 갈등과 대결하는 비장한 결의를 느끼도록 한다. 따라서 삶의 부당한 제약을 거부하고 숭고한 이념을 긍정하려는 투쟁에서 오는 아름다움을 말한다. 해학미는 낙관적인 세계관을 통해 삶의 일상에서 접하는 주변사에 건강한 웃음과 현실에 대한 풍자적 인식을 느끼게 한다. 이는 딱딱한 관념의 구속을 거부하고 삶의 발랄한 모습을 긍정하는 것이다.

　이러한 시조미학은 장식환 시인의 삶과 아주 굵은 줄긋기를 하고 있다. 장식환 시인의 삶과 시는 이런 미학을 구현하고 있다고 보아야 한다. 장식환 시인은 삶에 대한 깊은 사색으로 숭고미를 구현하고 있으며, 우리 일상에서 시적 소재를 찾아 우아미를 형상화하고 있다. 비장미는 우리 사는 세상 특히 교육과 관련된 제재를 통해서 비장미를 유감없이 발휘하고 있다. 단지 해학미의 구현에는 소극적이지만 이런 의식은 장식환 시인이 시조를 쓰는 이유를 짐작케 하고 그것은 또 매우 적절한 선택이었다고 보지 않을 수 없게 하는 것이다. 삶에 흐트러짐이 없고 시조의 형식미처럼 단아함을 추구하고 있는 것이다. 그래서 시조는 장식환 시인이 택할 수밖에 없는 예술 양식이다. 이 시집에 실린 시를 통해 그 관계의 적절함을 안내하고자 한다.

2. 삶을 앓는 가을

　삶이 무엇일까? 누가 그걸 명확하게 대답해 줄 수 있을 것인가? 인류는 끝없이 그런 질문을 제기하고 그 답을 찾고 있다. 그것이 인류의 역사라고 해도 절대 지나치지 않을 것이다. 이미 많은 선각자들이 삶을 나름대로 정의해 왔지만 그 누구에게도 의문 없이 수용할 수 있는 정의를 내리지 못하였다.

　시인은 참 많은 고민을 하며 산다. 그런 사실들은 덴마크의 철학자 키에르케고르(1813~1855)가 "시인이란 무엇인가? 그 마음은 남모르는 고뇌와 괴로움을 당하면서 그 탄식과 비명이 아름다운 음악으로 바뀌게 하는 입술을 가진 불행한 인간이다."라고 정의한 것이나, 박용철이 "비상한 고심과 노력이 아니고는, 그 생활의 정情을 모아 표현의 꽃을 피게 하지 못하는 비극을 가진 식물이다."라고 하여 시인을 고뇌하는 사람으로 정의한다.

나아가서 아이헨도르프의 "시인은 세계의 눈이다."라는 정의나, G.그린이 "시인은 나라의 넋이다."라고 정의한 것은 시인이 이 세상에 존재하는, 존재해야 하는 까닭을 설명해주고 있다. 더 쉬운 말로 풀면 우리 사는 세상에 대한 고민은 언제나 가치 있는 것이라는 말이다.

시인 장식환은 삶을 고민한다. 〈하루살이〉와 〈허수아비〉로 그의 삶을 형상화하고 있다.

허욕도 하나 없는
숙맥 같은 하루살이

불빛이 그리우면
목숨도 바치는데

한 생을
텃밭 일구며
바람소리 듣고 산다

죄나 씻고 가려는가?

부질없는 세상살이

이승의 육중한 멍에
하루살이로 해탈하면

한 욕심
하늬바람에
허공으로 날리고 싶다

　　　〈하루살이〉 전문

　이 작품에서 시인의 삶에 대한 진지한 성찰이 드러난다. 인간이 볼 때 하루살이는 그야말로 아주 짧게 산다. 그런데 그 하루라는 짧게 주어진 시간이라도 간절한 그 무엇, '불빛이 그리우면 목숨도 바치'게 된다. 이를 우리 삶에 비유하면 무엇이 될까. 삶에 대한 열정이 될 것이다. '내 삶에서 그런 열정을 바친 적이 있는가' 라는 자성의 목소리로 들린다. 초 중장이 하루살이 삶이라면 종장은 사람의 삶이다. 사람의 목숨은 백 년을 산다고 하는데 어디서 어떻게 살든 그것은 텃밭을 일구는 심정이었을 것이며 삶이 결국은 바람소리 듣는 것에 불과한 것 아니겠느냐는 인식을 하고 있다.

　그래서 둘째 수 초장은 단호하게 "죄나 씻고 가려나?"고 반문한다. 삶의 그 부질없음, 무엇을 위해 욕심을 부리는가? 라고 읽어도 좋다. 속세의 무거운 짐을 생각하면 하루살이로 해탈하고 싶을 정도다. 이것저것 얽히고 설키는 삶의 무거운 짐을 벗어버리고 싶다. 그 짐을 벗는 것은 욕심에서 벗어나는 길

그래서 서녘바람에 날리고 싶은 것이다.

　　수숫대 바람 흔드는
　　잿빛 같은 가을밭에

　　짐 벗은 허수아비
　　빈 가슴 돌아 앉아

　　긴 여정
　　순수한 자태
　　빛 잃은 낮달 같다

　　기다림은 허무 뿐
　　여백의 시·공간에

　　깜깜한 지평선 위
　　걸어 놓은 목숨들이

　　한 평생
　　허수아비처럼
　　가을 벌에 선 나를 본다

　　　　　　〈허수아비〉 전문

　장식환 시인은 계절적으로 가을에 관심이 많은 시인이다. 그의 데뷔작이 〈고향 가을〉이다. 이로부터 시작된 것이지만 삶을 사색하는 계절로는 가을만한 계절도 없는 것이 사실이다. 장식환 작품 전체를 조사해보지 못했지만, 이번 작품집에도 가을이 배경 된 시가 적지 않다.

이 작품 또한 가을에 볼 수 있는 정경이지만 그 가을에 허수아비 같은 자신의 모습을 바라보고 있다. 첫 수는 가을 들판에 선 허수아비를 형상화 했다. 그 허수아비를 '낮달'로 보았다. 낮달은 어떤가? 낮달은 낮에 보이는 달이다. 햇빛에 눌리어 제대로 빛을 발할 수 없는 존재다. 그렇다면 시인의 삶이 그렇다는 것으로 읽어도 무방할 것이다. 둘째 수로 넘어가서 시인은 "깜깜한 지평선 위 / 걸어놓은 목숨인데"에서 앞이 잘 보이지 않음을 암시하고 있다. 그런 삶을 살아왔다.

가을들판에서 내가 나를 바라보니 들판의 허수아비 같다는 인식이다. 누구나가 그럴 것이다. 장식환 시인이 이른바 출세의 가도를 달려왔다고 볼 수 있는데, 자기 삶을 돌아보니 그렇다는 것인데, 그것은 새로운 출발이나 지나온 삶에 대한 충실한 자기반성이 될 것이다. 누구라도 삶에 대한 후회가 없으랴만 자기 삶을 진지하게 반성하는 것은 아무나 하는 일은 아니다. 이른바 삶을 고민하는 사람이어야 하는 것이다.

이 작품을 필자가 자기반성으로 읽는 것은 이 작품집에 실리는 많은 작품에서 늘 출발이나 새로움을 꿈꾸는 시인의 정신이 묻어있기 때문이다. 시인 장식환의 삶에 대한 고민은 아름답다. 특히 가을에 하는 그의 고민은 모양은 울퉁불퉁 하지만 그 향기가 아름다운 모과 같다. 장식환 시인에게 '가을 시인'이란 별명을 하나 붙여줘도 괜찮으리라. 그의 가을은 고민의 계절이고, 그 고민은 모두 숭고미로 귀착된다. 가을의 많은 소재들이 피 쏟는 고민으로 물들어가고 있다. 그래서 모과의 그

짙은 향기도 그에겐 슬픈 가락이 된다. 다음 작품을 보라.

숫처녀 젖가슴 같은 수줍은 열매 하나

갸우뚱 얼굴 내밀고 방긋 방긋 손을 주면

어느새 청명한 가을 모과로 채운다

청잣빛 투명한 공간 오색실 수를 놓고

여름 내내 흘린 땀 갈바람에 씻고 나면

추정은 비틀린 모과 슬픈 가락 밀려온다

〈모과〉 전문

삶과 가을을 비극적으로 인식하는 장식환 시인의 의식은 가을을 대변하는 〈단풍〉에서 더욱 극명하게 표현된다. 단시조로 쓰인 이 작품에서 단풍은 아름다움이 아니다. 그의 독특한 인식으로 보아야 할 것이다. 시인의 새로움을 쫓는 의식이 유감없이 발휘되고 있으며 장식환 시인의 목소리가 분명해진다.

밤 새워 풀무질에
담금질하던 햇살이

질곡의 숱한 영욕
허상으로 퍼붓다가

종착역
목 놓은 절규
쏟아 붓는 꽃물이다

〈단풍〉 전문

3. 꿈꾸는 서정

이 작품집의 2부는 '천지개벽의 꿈'으로 명명되었으며 부제목에서부터 자못 비장한 느낌을 준다. 장식환 시인의 이른바 비장미가 드러나는 작품들이다. 앞에서 살폈듯이 장식환 시인은 가을을 통해 삶을 고민하고, 그 고민은 숭고함을 쫓지 못하는 삶을 비극적으로 인식하고 있다. 그렇다면 그 비극을 그대로 던져줄 것인가? 아니다. 그대로 던져만 둔다면 그것은 시인으로서 직무유기다.

그런 삶을 바꾸기 위해서 우리 사는 세상으로 눈길을 돌린다. 우리 사는 세상, 참으로 아름다운가? 그렇게 생각하는 사람이 얼마나 될까. 우리 사는 세상이 아름다워지려면 바뀌어야 할 것들이 참으로 많다. 장식환 시인은 그 분야 분야마다 바뀌어야 할 것들을 시로써 세상에 보고하고 있다.

자연재해를 비롯해서 각종 사회 흉악범죄, 대형사고, 정치문제, 경제문제, 학원문제, 환경문제 등등에 많은 관심을 쏟고 있다. 이것은 참으로 당연하고 마땅하다. 장식환 시인은 시인이기 전에 광역시의 시의원으로서 그가 마땅히 지녀야 하고

깨우처야 할 책임이 있는 분야다. 시를 통해 세상을 아름답게
해야 하기 때문이다.

죽음이 삶보다 좋아
꽃으로 지고 싶다

끝내는 엄마 품에
시신으로 안겼다가

꿈 많던
여린 생명이
죽음으로 돌아갔다

엄마의 애틋한 사랑
남겨 놓은 한 장 유서

또박 또박 적은 사연
너도 나도 말이 없다

티 없는
순수한 영혼
꽃길 밟고 가소서!
〈그 꽃〉전문

　이런 시를 쓰지 않고 살 수 있는 세상이 되면 얼마나 좋을까.
그러나 시인은 고민한다. 어느 중학생의 자살을 보고 어찌 그
냥 아무렇지도 않게 지나갈 수 있으랴. 시인으로서는 그냥 있

을 수도 없고 있어서도 안 되는 일이다. 특히 장식환 시인에게
는…….

더 이상 해설이 필요 없는 시다. 그래서 쉽게 썼을 것이다.
그의 공분은 시로써 소극적으로만 표현하는 것이 아니다. 장
식환 시인의 공분의식을 다음 기사에서 잘 읽을 수 있다.

[대구=뉴시스]나효용 기자 = 대구의 학교 폭력이
다양화 흉포화 되고 있다는 지적이다. 특히 최근 학
교 폭력은 교사들의 비교육적인 행위로 인한 학생
체벌이 자행되고 있는 것으로 나타났다. 대구시의회
장식환 의원은 16일 대구시교육청에 대한 질의를
통해 최근 3년간 학교폭력은 줄어들기보다는 폭력
가담 학생 수가 급증하는 등 문제가 심각하다고 밝
혔다. 최근 지역의 학교폭력은 지난 2009년 437
건, 2010년 711건, 2011년 616건으로 매년 큰
폭으로 증가세를 보였다. 특히 폭력유형도 폭행과
금품갈취 등 점점 흉포화 되고 있는 것으로 파악했
다. 또 학생체벌과 관련된 민원도 꾸준히 이어지고
있는 등 학교폭력이 좀처럼 개선되지 않고 있다는
지적이다. 장의원은 특히 최근 잇따르는 학교폭력
문제를 학교나 교육청이 자율적으로 해결하지 못하
고 경찰 개입 등 외부적인 힘에 의존하는 상황까지
벌어지고 있다며 대구교육청의 무능함을 질타했다.
학교폭력 등 학생들에 의한 교감, 여교사폭행, 교사

흉기위협 사건 등의 경우 스승 존경 풍토 실종 등 대구 교육 제도에 근본적인 문제가 있다고 비난 강도를 높였다. 여기에 최근 한 중학교 교사가 폭력을 행사해 학생이 뇌수술까지 받는 일이 발생하는 등 학교 폭력이 만연 경계가 없다는 지적이다. 장 의원은 따라서 형식적이거나 시대에 뒤떨어진 교육보다는 교사에게 보다 실질적으로 도움이 될 수 있는 프로그램이 필요하다고 조언했다. 또 학교폭력에 대한 지엽적이고 임시방편적인 대처 방식을 탈피하고 교육정책의 전환을 심각하게 고민해야할 시점이라고 지적했다.

다소 긴 기사를 인용한 것은 '어느 중학생의 죽음'이라는 작품을 쓴 시인의 뜻을 좀 더 정확하게 이해하자는 의도에서다. 장식환 시인은 이렇게 세상의 변화를 위한 고민에 휩싸여 있다. 그래서 그는 지도자가 되는 것이다. 나보다 우리를 생각하는 마음이 얼마나 아름다운가. 아름다움은 시 속에 있는 것이 아니라 시를 쓰는 시인의 마음에서 비롯되는 것이다.

우리 사회에서 그 많은 문제들의 근본은 무엇일까? 깊이 생각하지 않아도 인간이 가진 욕심에서 비롯된다고 보는 것이 옳을 것이다. 정치의 문제도 그렇고 나아가서 이념의 문제까지도 결국은 욕심에서 비롯되는 것이다. 우리 사회의 모든 문제들이 바로 '과욕'에서 비롯된다는 사실을 장식환 시인은 시로 깨우치려 하고 있다.

제반 문제의 작품들을 읽어보면 알 일이지만, 장식환 시인의 공분公憤은 아름답다 하지 않을 수 없다. 필자가 앞에서 시인은 세계의 눈이고, 나라의 넋이라는 말을 인용했듯이 그런 측면에서 장식환은 시인의 책무를 성실히 수행하고 있는 셈이다.

> 망초꽃 같은 목숨
> 오뉴월 감꽃 지던
>
> 과분한 욕심 조각
> 물거품 되는 거다
>
> 과욕의
> 진한 허상이
> 허무로 지는 거다
>
>
> 바람결에 풍선들이
> 파랑 빨강 다투듯이
>
> 제 분수 깜깜한 추정
> 분간 없이 쌓다 보면
>
> 목숨은
> 욕심에 씻겨
> 방울방울 지는 건데

〈과욕〉 전문

이 같은 경고에서 자유로운 사람들 얼마나 될까? 필자도 이 글을 쓰다가 내 삶을 돌아본다. 반성해야 할 일이 적지 않다는 생각이다. 독자들에게 한 번쯤 제 삶을 돌아보게 하는 시 그게 정말 좋은 시가 아닐까 하는 생각을 갖는다.

장식환 시인은 우리 사는 세상의 여러 문제가 발생하는 원인에 대해서도 고민의 흔적을 보이고 있다. 세상이 삭막해질 수밖에 없는 이유가 있다는 것이다. 특히 경제 문제와 관련해서 세상에 대한 걱정 없이는 절대 쓸 수 없는 시가 다음 작품이다.

책사가 우리 곁을
지는 해처럼 떠난다

몸 비집고 들어 선
옷 매장, 게임장 행렬

이래도
괜찮은 것인가!
길거리가 현란하다

문명이 새 문명을
잉태하는 위험 앞에

책사가 썰물 되어
밀물처럼 밀려가면

문명은

빈사로 남아
빈껍데기만 뒹군다

〈책사〉 전문

　동네 서점이 사라지고 있음을 안타까워하고 있다. 우리에게
더 친숙하다고 할 수 있는 '서점'이란 용어를 쓰지 않고 굳이
'책사'라고 쓴 것에 주목해야 할 필요가 있다. 서점이라고 부
르던 것보다 더 먼 역사를 가진 단어를 쓴 것은 그만큼의 역사
성을 강조하려는 의미일 것이다. 이제 동네 서점 뿐 아니라 인
터넷 서점에 밀려 대형서점도 얼마나 더 버틸 수 있을까 걱정
을 해야 하고 인쇄 문화 전반에 대한 우려를 하지 않으면 안될
만큼 세상이 바뀌고 있다.
　이것은 단순히 서점이 사라지는 그것만의 문제가 아니다 더
큰 문제, 인문학이 죽고 인간성을 메마르게 한다는 것이다. 기
계문명과 컴퓨터의 발달은 인간의 삶을 한층 편리하게 만들어
주었지만 그 편리함보다 더 우선되어야 할 인간성을 지켜내지
못하고 있는 것이다. 그것을 상징적으로 보여주는 것이 서점
의 사라짐이라고 보아야 할 것이다.
　이 같은 안타까움이 천지개벽의 꿈이란 부제목으로 드러나
며 천지개벽 하듯이 우리 삶의 환경을 지켜야 한다는 목 메인
호소로 들어야 할 것이다. 서점을 지키는 일이 인문학을 지키
고 인간성을 지키는 일이라고 한다면 너무 지나친 말이 되는
가? 필자는 장식환 시인의 이 안타까운 호소에 적극적으로 공
감한다. 이런 안타까움은 작품 '신천 수달'에서처럼 신천에

수달이 돌아오듯이 우리 사회의 관심과 노력에 의해서 개선될
수 있다는 희망을 가지게도 한다.

4. 상처, 안으로 다스리기

장식환 시인은 이렇게 자신의 삶을 고민하고, 사회의 일을
고민하고 있다. 그래서 그는 상처가 많은 삶을 산다. 그러나
인간의 삶은 날마다 새로운 상처를 입어도 그 상처를 다스려
야 삶을 이어갈 수 있다. 제 3부의 시들은 그런 상처 달래기의
작품들이다. 우아미를 구현한 작품으로 읽어도 좋다. 장식환
시인은 삶의 상처를 어떻게 달래는가? 그는 주저 없이 옛날로
돌아간다. 그의 유년에서 삶의 상처를 위로 받는다.

　　시골 밤 호수는
　　생각이 너무 많다

　　푸른 산 하얀 속살
　　거꾸로도 세워두고

　　조각달
　　싱긋이 웃는
　　유년의 그 초록 동산

　　개구리 울음 고요하고
　　멀리 가까이 풀벌레 소리

생각에 잠긴 길섶
개똥벌레 날려놓고

별 총총
뜨던 그 밤이
시름 속에 되비친다

〈유년 시절〉 전문

 아름답다. 현실에 절망할 때 시인은 이렇게 유년시절로 돌아
간다. 생각 많은 호숫가의 정경을 떠올리며 그는 현실의 아픈
삶을 달랜다. 가난했다 할지라도 꿈만은 풍성했던 시절, 화려
하지 않아도 소박한 아름다움이 있던 곳, 그렇다 누구라도 유
년 시절에 놀던 호숫가를 생각하면 오늘의 아픔을 달랠 수도
있을 것이다. 그렇다 시는 이렇게 아픈 삶을 달래주는 것이다.
 장식환 시인의 이 작품을 읽으면 그야말로 과거는 과거로 끝
나는 것이 아니라는 사실을 확인하게 된다. 지나가 버린 것이
무슨 소용에 닿겠는가라는 생각이 얼마나 어리석은가를 깨우
쳐 준다. 장식환 시인이 그 유년에 보았던 그 생각 많은 호수
를 필자도 꼭 한번 가보고 싶어진다. 그의 시가 그렇게 만든
다. 이만하면 성공한 시 아닌가, 독자가 공감할 수 있으니까
말이다. 그래서 잠시라도 이 작품에서 '조각달 싱긋이 웃는'
것처럼 나도 한번 싱긋이 웃어보는 것 이것이 시를 읽는 또 하
나의 재미 아닌가.
 그 옛날은 돌아보면 그 때로선 참 아픈 것이었다. 그런데 그

아픔이 어떻게 많은 세월을 지내고 난 뒤 그리움이 되는 것일까? 그 까닭을 쉬이 알아낼 수 없지만 내가 가졌던 애장품처럼 내가 겪은 그 무엇이기에 그리움이 되는 것이 아닐까 싶다. 앞의 '유년시절'이란 작품이 고향의 여름 생각이라면 '겨울 생각'도 볼 필요가 있다.

헐벗은 그 시절은 문고리도 얼어붙고

동지섣달 하얀 밤 가난으로 시름하다

굶주린 문풍지 울음 잠도 못 잔 겨울 밤

수은주 곤두박질 초가삼간 꽁꽁 언다

베옷 꼭꼭 여미고도 스며드는 한기가

무참히 할퀴고 가는 매섭던 그 겨울바람

초가집 추녀 끝엔 고드름 드리우고

돌담을 스친 바람 댓잎을 울게 하면

으스스 어깨 움츠려 새봄을 그린다

〈겨울 생각〉 전문

참으로 대책 없는 가난이었다. 기온이 원래 낮은 것이 아니라 옷을 비롯한 보온 장비가 없어 더 추웠던 겨울. 그 겨울을 이겨낸 지금 그 고통은 고통이 아니라 추억이 되었다. 그 추위 속에도 희망의 끈을 놓지 않아 오늘의 우리가 있고 이 가난은 장식환 시인 개인의 것이 아니라 우리 민족 전체의 것이었다. 겨울은 으레 그런 것이었고, 돌담에 쪼그리고 앉아 그 짧은 겨울 햇빛을 쬐면서 봄을 기다렸다.

이런 겨울밤을 생각하면 그 고향은 돌아보고 싶지도 않을 수 있지만 참 묘하게도 그곳은 그리운 곳이 된다. 몸은 편해도 마음이 편치 않아서 우리는 고향을 잊지 못하는 것이리라. 그래서 고향 가는 길은 언제나 들뜨게 마련이다.

명절 날 긴긴 행렬
보름달이 비춰주고

지난 날 돌아보면
속속들이 슬픔인데

끝 모를
귀향의 길에
웃고 선 나를 본다

청등 홍등 띠를 걸고
춤추는 연가들이

귀향 길 낯선 타향 꿈속에나 그리는데

고향 산
뻐꾸기 날려
가는 길 재촉한다

〈귀향 길〉 전문

　이 작품에서 '속속들이 슬픔인데'라는 구가 가슴을 친다. 그
렇다 그 옛날의 고향은 속속들이 슬픔이 분명하다. '겨울 생
각'에서 드러난 겨우살이, 어디 그것뿐이겠는가. 봄에 씨 뿌리
고 여름을 가꾸고 가을에 거두는 농사일이 어이 즐겁기만 했겠
는가. 그래도 고향 가는 길만 생각하면 웃음이 나는 것이다.
　이 작품은 제목이 시다. 귀향길은 종점이 없다. 그 까닭은 언
제나 마음이 먼저 달려가고 달려가는 길이기 때문에 종점 같
은 것은 아예 존재하지 않는 것이다. 고향 가는 길이 아무리
힘들어도 그곳은 가야할 길이고, 그곳에서 또 한 세월을 살아
낼 위안의 보따리를 꾸려오는 것이다.
　고향에서 부모들이 꾸려주는 보따리는 단순히 무슨 무슨 곡
식이나 채소가 아니다. 그것은 부모의 사랑이다. 그런 고향이
있는 것만으로도 큰 위로를 받을 수 있다. 우리는 그렇게 사는
것이다. 아파도 서러워도 돌아볼 과거가 있는 곳이 고향이고,
그곳으로 가는 것이 귀향길이니 어찌 종점이 있으랴.

5. 삶의 새 창 열기

　현실적 고통, 삶의 상처를 달래는 방법은 한 가지 방법으로만은 해결이 불가능하다. 장식환 시인이 삶의 상처를 고향의 유년시절에서 달래기도 하지만 그는 또 하나의 상처 달래기 방법을 갖고 있다. 고향을 생각하는 것이 안으로 달래기라면 밖으로 달래기로 여행을 택하고 있는 것이다. 이를 상처 달래기의 안팎으로 나눌 수도 있겠지만 상처 달래기의 닫힘과 열림으로 보아도 좋을 것이다.

　그것은 여행이 가지는 특성 때문이기도 하다. B.디즈레일리는 "여행은 관용을 가르친다."고 했고, G. 플로베르는 "여행은 인간을 겸허하게 합니다. 세상에서 인간이 차지하고 있는 입장이 얼마나 하찮은 것인가를 두고 두고 깨닫게 하기 때문입니다."라고 했다. 이 인용만으로도 여행으로 상처를 달래는 것이 밖이고 열림이라는 뜻을 이해할 수 있을 것이다. 뿐만 아니다. 오소백은 "여행량은 인생량"이라고 했고, 김우종은 "여행은 마치 기도 시간과 같은 반성의 기회를 주는 것"이라고도 했다.

　시인 장식환은 이 사실을 깊이 인지하고 있는 듯 하다. 그는 삶의 상처를 여행으로 달래며 새로운 꿈을 꾸고 있다. 그 여행의 목적지는 가까운 시내도 있고, 조금 멀리 국내도 있고 비행기나 배를 타야 갈 수 있는 해외도 있다. 여행량이 인생량이라고 하는 것과 같이 많은 여행은 그만큼 새로움과 접하는 시간을 늘여주는 것이다.

인적도 끊긴 뜰에
목어 소리 돋아나면

한낮에 목을 죄던
석가여래 노기 풀고

팔공산
후미진 자락
목탁소리 낭랑하다

어스레 달이 뜨면
나뭇잎도 깨어나고

노송의 해묵은 말씀
청계에 풀어내면

별빛은
멧새들 모아
설법하는 저녁 산사

겨운 짐 지는 중생
여기 와서 번뇌 풀면

나락 같이 어두운 길
연등으로 살아나고

파계사
범종의 아픔
도솔천에 울린다

<저녁 파계사> 전문

　꼭 집에서 멀리 떠나야 여행이 아니다. 시인은 아마 어스름
의 산책으로 파계사를 찾은 모양이다. 그것은 굳이 여행이라
는 말을 붙이지 않아도 좋을 것이지만 여행이 어디를 가는가
가　문제가 아니라 무엇을 보는가의 문제라면 그 산책이 훌륭
한 여행임을 잘 보여주고 있다. 예사로운 여행이 아닌 것이다.
시인은 계곡을 잡는다는 의미의 파계사에서 별빛이 산새들을
모아 설법을 전하는 광경을 잡아내었다.
　저녁 파계사에서 그는 삶의 큰 위로를 받는다. 그 위로는 셋
째 수에서 두드러지는데 삶에 지친 사람들이 여기 와서 번뇌
를 풀면 어두운 길을 밝힐 연등 같은 지혜를 얻을 수 있고, 결
국 범종 소리가 도솔천까지 번진다는 것이다. 도솔천은 불교
에서 욕계육천欲界六天의 넷째 하늘로 수미산의 꼭대기에서 12
만 유순由旬되는 곳에 있으며 이곳에 미륵보살이 산다. 내원과
외원이 있는데 내원은 미륵보살의 정토이며, 외원은 천계 대
중이 환락하는 곳이라고 하니 아주 큰 위로를 받는 것이다.
　좀 더 큰 걸음으로 바닷가로 나가본다.

　밀려오는 생명 바다
　태곳적도 그랬단다

그 많던 애환들이
파닥이는 비늘로 돋아

축산항
시름 거두고
물새 나는 초록 바다

잠길 듯한 낡은 목선
설레는 가슴 펴며

하얀 새떼 날갯짓에
풍겨오는 파란 포구

잊었던
사랑의 노래
파도처럼 풀어본다

〈축산항에서〉 전문

앞에서 읽은 〈저녁 파계사〉가 정적이라면 〈축산항〉은 매우 동적인 이미지다. 그것은 파계사는 저녁의 이미지고 축산항은 낮의 이미지이기 때문이기도 하겠지만 산과 바다라는 점에서도 다르다. 그래서 그런가 여행에서 얻는 위로도 크게 다르다. 〈저녁 파계사〉에서 아주 잔잔한 위로를 얻었다면, 〈축산항〉에서는 아주 힘찬 희망을 읽어내는 것이다.

삶의 애환이 파닥이는 비늘로 돋는 축산항, 거기에서는 그냥

힘이 솟는다. 고뇌만큼 가슴이 설레기도 하고, 갈매기 나래짓에 파래 냄새가 묻어나면 그 기운을 받아 잊었던 사랑 노래를 부르고 싶은 것이다. 이런 감회를 얻어낼 수 있다면 여행은 그야말로 망설일 일이 절대 아니다. 가서 보아야 한다.

그것이 고요든 힘찬 움직임이든 그것들은 모두 우리들 가슴을 덥힐 수 있는 힘을 가지고 있다. 자연 그대로에서 얻을 수 있는 힘도 있겠지만 시인이 본 정경을 통해 간접 경험할 수도 있다. 때와 장소에 따라 느낌이 다른 것은 말할 필요도 없지만 장식환 시인이 때와 장소에 맞는 감회를 떠올려주고 있다.

이제 더 큰 걸음으로 멀리 나간 풍경을 보자. 시인은 멀리 덴마크로 갔다. 그는 거기에서 인어공주 동상을 만난다.

덴마크 인어공주
생각에 잠겨있다

실눈 감을 듯 뜨는 듯
새초롬히 웃고 있고

니하운
잔잔한 항구
안데르센은 살아있다

유람선 낭만의 선유
갈매기도 자유롭고

찰랑찰랑 물결 따라
인어공주 춤을 추고

북유럽
인어공주 동상
사랑으로 빛이 난다

바람은 유람선 몰고
전설 같은 깃발 흔들며

까칠한 발틱 해에
인어공주 전하는 말

순수한
사랑의 노래
안데르센은 영원하다

〈인어공주 동상〉 전문

  인어공주, 그 유명한 한스 크리스티안 안데르센(1805~1875)
의 동화다. 한번도 바다 위 세상을 보지 못한 인어공주는 자신
의 열다섯 번째 생일에 물 밖을 구경해도 좋다는 허락을 받고
바다 위 구경을 나선다. 공주는 마침 바다 위를 항해 중이던
왕자를 보고 첫눈에 사랑에 빠진다. 그 때 폭풍이 일어 왕자가
탄 배는 침몰하고 인어공주는 정신을 잃은 왕자를 구해낸다.
인어공주는 왕자의 곁에 있고 싶어서 자신의 목소리를 마녀에
게 주는 대신 사람의 몸을 얻어 왕궁에 들어가서 시녀가 된다.
그러나 왕자는 벙어리인 인어공주가 자신을 구해준 생명의 은

인이라는 사실을 모르고 이웃 나라의 공주와 결혼하게 되고 낙심한 인어공주는 슬퍼하며 바다 속으로 몸을 던져 죽게 된다는 내용을 담고 있다.

유명한 인어공주 이야기를 관광자원으로 개발하여 이용하고 있는 것을 보게 된다. 그런 사실들은 제쳐두고 이 작품에서 예술의 생명을 생각할 수 있고 예술의 위대함을 느낄 수 있다. 이야기의 힘, 스토리텔링을 생각할 수 있었기 때문에 시인은 인어공주를 쓴 안데르센을 '살아있다', 또 '영원하다'고 쓰고 있다. 이 작품에서 시인이 본 것은 인어공주 동상이지만 그의 생각을 물고 있는 것은 안데르센이라는 동화작가라는 점이 매우 흥미 있는 사실이다. 이렇게 시인은 여행을 통해 삶을 여는 새 창을 만들고 있다.

6. 꿈꾸는 세상

장식환 시인의 이 시집을 '아름다운 세상을 꿈꾸는 파토스'로 읽는다. 삶이 무엇인가에 대한 물음으로부터 비롯하여 그 대답을 찾는 과정이 시로 태어났다. 그의 시는 공허한 것이 아니라 독자들에게 긍정의 빛을 던져주고, 그로부터 자기 삶을 돌아보게 한다. 또한 우리 삶을 에워싸고 있는 사회 환경의 추함에 공분을 느끼게 한다. 그 공분은 누구에게나 공감되는 것이며 시인의 공분에 동참하지 않을 수 없게 한다. 공분만 하고 던져두는 것으로 아름다움은 찾아지지 않는다. 그것을 실천하는 의지를 시를 통해 그리고 직접 나서기도 한다.

시인은 삶을 비극적으로 인식하고 있다. 삶을 '하루살이'와 '허수아비'로 비유하기도 하기도 한다. 따지고 보면 인생은 그리 길지도 않거니와 일생을 바쳐 일한다고 해도 그 일이란 란 것이 고작 허수아비가 하는 일을 크게 넘어서지 못한다는 생각쯤에 가 있는 것 아닐까 하는 생각을 독자들이 하게 한다. 그래서 그의 목소리는 공허하지 않다.

그러한 삶을 의미 있는 것으로 가꾸기 위해 우리 사회 환경을 개선해야 한다는데 목소리를 아주 높이고 있다. 세상은 온통 잘못 투성이다. 어디 온전한 구석이 없다. 희망을 심어야 할 교육계도 국민을 안심시켜야 할 정치판도, 인간의 삶을 담고 있는 환경도 오염되었다.

그런 삶의 환경에서 받는 상처를 유년과 고향에서 찾아 안으로 다스리고, 여행을 통해 밖을 내다보며 희망을 찾는 진솔한 삶의 기록이 이 시집이다. 이 시집을 읽고 아름다운 세상을 만들기 위한 그의 고뇌에, 그가 꿈꾸는 서정에 손 내밀지 않을 수 없다.